글벗시선 208 송미옥 두 번째 시집

돌담

송미옥 지음

두 번째 시집을 내면서

시인이란 호칭이
부끄럽습니다

아직 시가 무엇인지 잘
모릅니다

단지
꿈이 늙을까 봐
마음이 가난할까 봐

표현은
쉽고 가벼울지라도
여운은 가볍지 않기를
바랍니다

한편, 한 구절이라도
읽는 이의 마음에 다가가 닿을 수 있다면

참으로 행복할 것입니다

아울러 시집 발간을 위해 물심양면으로 수고해주신
최봉희 회장님께 진심으로 감사의 마음을 전합니다

2024년 1월

차 례

제2부 자연의 숨결

제3부 두 손을 모으는 행복

제4부 자연은 언제나 옳다

제5부 새벽이 가져다주는 행복

■ 서평

제1부

돌담처럼

구절초

가을 여인
맑은 미소의
은은한 향기가
꼼지락꼼지락
피어나면
가을 서정을 노래하겠지요

그녀의
맑은 숨결 따라
수줍은 소녀처럼

한 아름
행복으로
그녀를 기다립니다

그냥

할 말이 많지만
할 말을 찾지 못할 때

할 말이 없어도
할 말을 찾아 헤맬 때

그때에 그냥
그냥을 중얼거린다

오로지 그냥만 찾는다
하염없이 헤적이면서
그냥, 그냥

가을 싹소롬

낙엽이 흩날리는
늦가을

짜릿한 몸짓에
보랏빛 숨소리

가을 햇빛 머금어
매혹적인 색깔

눈에 담고
마음에 담아
살짝 입맞춤하고 싶어

아, 네가 있어
더 아름다운 가을

맑은 아름다움

사람은 본능적으로
아름다움에 이끌린다
스스로 자신을 바보라고
칭하시던 고 김수환 추기경님

문득문득 그분이 떠오른다

가난한 수도자의 사제로서
종교계의 큰 어른이었던 분
국가의 통치자도 재력가도
아니었다

그분의 마지막 모습을
보기 위해 줄 서서 기다리는 모습
남녀노소 가진 이나 가난한 이나
명동성당으로 모여든
추모의 물결을 보았다

청빈한 몸으로 살다 가신
수도자의 끝마무리를
전 국민이 애도한다

그만큼 우리에게
맑은 아름다움을 실천하셨기
때문이 아닐까

아름다움은
언제나 감동을 준다
사람을 변화시킨다

그분은 하늘의 별이 되셨지만
지금도 우리의 마음을
두드리고 계시다

잡초

특별한 끼가 없어
제대로 된 이름 하나
못 가진 넋

시들어가는 그 향기
변변치 못해도
가난한 가슴에 심는다

삶을 초월한
무(無)를 담아서

물방울

정해진 그 자리에
고스란히 앉아
그리움에 헤맨 밤은 얼마였던가

벌레는 숲속을 향하고
새는 수림을 바라보는데

하다못해
굴러서라도
꽃밭에 갈 수도 있으련만

지켜내리 나의 자리

뜨겁게 비추는 햇살에
한 줌의 수증기로 사라질 때까지

마지막 잎새

푸른 시절 뒤로 한 채
온기 없는
메마른 상념은

부는 바람 따라
흔들리는 가지에는
마지막 그리움 남아 있다

떨리는 숨결은
힘든 매달림에
허공 같은 한숨을 쉬고

돌아서는 누군가의 발걸음은
남겨진 추억처럼
서녘 빛 그림자로 비끼고

찬 구름 사이에
애처로이 남아 있는
가을 한 조각

코스모스

하늘빛 온몸으로 받아안고
수줍게 피어 한들한들

갖가지 미소로 생글생글
기쁨 주는 예쁜 춤사위

굳이 돌보지 않아도
눈부시게 피어나
누구에게나 환영받는 꽃

코스모스 내 마음 되고
내 마음 코스모스 될 때

소슬한 바람에
하늘은 한 뼘 더 높아지고

능소화

땡볕 개의치 않고
피땀 흘리며
담을 타는 일편단심

오로지 임 향한 그리움으로
누가 알아주거나 말거나

임의 숨소리 들으려고
뛰는 가슴 부여잡고
두 귀만 쫑긋쫑긋

누군가를 그리워한다는 것은
행복한 일일 거야
아파도 모질게 아파도

누가 말했던가요
지상에서 못 이루면
천상에서 꼭 이루어진다고

여름밤의 사색

노력 속에 허우적거릴지
편안함 속에 무념이 될지
갈피에 갈피를 따르는 상념이어라
내일의 훗날을 두고

보아라, 구름에 맞닿은 저 푸른 들녘을

거미는 부지런히 거미줄을 엮고
꿀벌은 쉼 없이 꽃 사이를 누빈다

그 모든 것이
시간과 함께 사라지는 것이라면
사라지는 날까지
아름다움을 부여함은 어떠리

찬란한 태양은 아닐지라도
꽃처럼, 별처럼

치자꽃

상큼함 따라 걷는 길

어머나 저 향기
코끝을 간질이는 내음
은은한 향기로
가는 길 붙잡는다

순백의 마음
소담스럽게 피어나
우아한 여인처럼 단아하여라

먼 길 돌아와
그리움으로 핀 너의 향기에
난 그만 취해 버렸는데

어쩌나
아침에 깨어보니
내가 치자꽃으로 피어 있는 것을…

돌담처럼

아름다운 꿈이 있는 사람은
언제나 행복하다

그 꿈을 하나씩 이루는 과정은
너무나 가슴 벅찬 일이지만
시로 돌담을 쌓아야겠다
시는 마음을 비추는 거울이니까

돌담처럼 빈틈 많은 나이지만
누군가의 마음에
잠시라도 스쳐 갈 수만 있다면
마냥 모든 것에 감사하리라

영혼이 시들지 않는 삶 살고 싶다
내 영혼의 돌담처럼
틈새 틈새 깔끔히 메꾸며

자주개자리꽃

보랏빛 미소로
들꽃으로 피어난 그녀
신비스러운 미모가
눈이 부시도록 곱다

잔잔한 숨결로
마음속에 피운
아름다운 들꽃

장미처럼 화려하지 않아도
소박하게 피어나

오묘한 보랏빛 능선을
타고 온 그녀
깜찍한 매력에 빠져든다

나 하나의 사랑이 되어 보랏빛
그리움으로 물들다

들꽃

누가 가꾸지 않아도
스스로 생명을 피워 올려

풀섶에 묻혀
무심하게 지나치면
보이지 않는 들꽃

고개를 들어
빼꼼히 내밀며
저 좀 봐주셔요
말을 걸어온다

키를 낮추며
겸손을 알게 해주고

작고 앙증스럽고 청초한
그 애들이 좋다

들꽃
너의 순수하고
조용한 숨결

아마꽃

아마도
관심받고 싶어서
수줍게 내 눈에
띄었을 거야

그녀를 보는 순간
아찔한 설렘
연보랏빛 미소에
내 마음 흔들렸지

어쩌면
사람의 마음을
움직이게 하는 건
사소한 것일지도
몰라요

민들레꽃

발길 닿지 않는
공원 귀퉁이

작은 몸짓으로
높은 곳을 바라보며

방실방실 노랗게 웃는다

공원에 쪼그리고 앉아
눈빛을 맞추는 설렘

추워지면 아플 텐데
애잔한 마음

되돌아오면서
자꾸만 너를 바라본다

돌하르방

벙거지 눌러쓴 할아버지
하늘하늘
떨어지는 꽃비를 맞으면
꽃처럼 미소가 피어난다

우람한 덩치에
구멍 숭숭 뚫린 채
튀어나온 우람한 눈과 주먹코
모양도 제각각이다

머리에 둥근 감투를 두르고
부리부리하게 크게 뜬 눈
품위 있게 다물고 있는 입
한쪽 어깨를 치켜올려서
두 손을 가지런히 모은다

그리고
나에게 말을 걸어온다

미켈란젤로가 깎은
해맑은 돌장승이 되고 싶었다고

온화한 미소로 한라산을 품고
제주를 지킨다
듬직한 제주의 수호신으로

가을의 노래

시원한 바람이
뜨거운 태양을 밀어내고
문밖에서 서성거린다.

그 새 하늘은 파랗게 물들고
뭉게구름 몽실몽실
구름 꽃 피어난다.

해가 기울면
사방에서 귀뚜라미 귀뚤귀뚤
멋진 화음이 들녘에 퍼져간다.

길섶 풀벌레들의 멜로디
성큼성큼 노랗게 빨갛게 다가온
가을을 노래할 때

내 가슴에도
가을이 차르르 내려앉는다

가을의 목소리

바스락
들릴 듯 말 듯 목소리
귓가를 간지럽힐 때

찌르르르
수풀 사이 풀벌레 소리
종일 울어대는 석쉰 목소리

눈이 부시게 푸른 하늘에
흰 구름 두둥실 춤추는 소리

스적스적 들려오는 소리
향기롭게 물드는 소리
오, 자연이 익어가는 소리

소슬바람 맑게 춤추는
신비스러운 생명의 소리
구석구석 귓맛도 참 좋아라

초가을 스케치

얼떨결에
소리 없이 다가와
설렘을 안겨주는 그대는
코스모스인가요
들국화인가요

벼 이삭은 출렁거리고
사과는 반짝입니다

산은 무지개로 물들고
들녘은 만화경(萬華鏡)으로 꽃피고
마음은 낭만으로
철썩거려요

제2부

자연의 숨결

마음에 낙엽이 내리면

밤새 내리던 별빛
여명이 비추면
아릿한 미색이 될 때

시간이 훑은 자국으로
하혈한 이파리

티끌만큼이나 가볍다가

가장 낮은 곳으로
후드득
내려와 뒹군다

짜릿한
사랑을 하다가
눈물 어린 심정으로

나는 보았어
질긴 인내로 그곳에 있는
너의 영혼을

수레국화꽃

뜨거운 햇살을 받으며
여린 허리 하늘하늘

기품 있는 그 아름다움
벌 나비도 모여들고

미세한 감동의 숨결
가만가만 느껴요

그대의 신비
온 마음에 품지요

계란꽃 연정

작다고 나무람 마세요,
당신이 보라고, 당신만 보라고
하얀 드레스 걸치고
속살마저 노랗게 익혔어요.

길섶에서 한들한들
습관처럼 산책하는 당신을 기다린걸요,
외눈 팔지 말고
옆길로 새지 말라고.

제발 눈으로만 호강하세요,
꺾지 말고 짓밟지 말고
건드리지 마세요, 당신 외
그 누구라도 저를 만지지 마세요.

계란프라이를 드셔보았나요?
저를 한입에 넣으시면
당신, 한 송이 예쁜 꽃으로 피리니…

찔레꽃

도심 속
오솔길 걸으며
눈길 머물게 한 찔레꽃

하이얀 미소 속에서
내 어머니 모습 보았네
꽃을 사랑하셔서 오월에
떠나신 어머니

해마다 오월이면
어머니 닮은 찔레꽃을 만난다

마지막 별로 돌아갈 때
다시 부르고 싶은 그 이름
어머니
눈부신 그 이름

찔레꽃 은은한 향기처럼
하이얀 그리움으로
가슴을 물들인다

개나리

언덕배기
늘어진 가지마다
노오란 별이
초롱초롱 빛난다

눈부신 미모에
내 마음 날아오르고
내 사랑 황금꽃은
웃음 가득 넘친다

유월의 신록

눈길 머물고
발길 머무는 곳마다
온통 초록이어라

갓가지 멀리까지
이름 모를 들풀과 꽃들이
상큼한 향기를 쏟아놓는다

눈이 맑아지고
마음이 평화롭다

아! 눈부시게 행복하여라
강물은 푸르고
공기마저 푸른 날
신이 내린 축복의 계절

자연의 숨결

아침 숲길을 걷는다
사각사각 나뭇잎
숨 쉬는 소리

겨드랑이 간질이는
상큼한 바람

저마다의 독특한 향기를
뿜어내는 자연

자연은 평화롭고
몸과 마음이 맑아진다

어느새
세상의 근심까지 품어준다
온몸은
구석구석 숲속의 숨결
스르르 스며든다

물들어 가는 가을

소슬바람 따라
길을 나서니

뚝뚝
가을이 떨어져
슬며시 내려앉았네.

삶의 무게 내려놓고
깊어져 가는 가을

기댈 곳 없는 대지 위에
알록달록 단풍이 비낀

가을 길을 걷는다,
바스락바스락

축복의 오월

신록이 춤추고
꽃들의 환희가 절정인
오월

꽃들의 시간은
순리를 저버리지 않는다

계절의 여왕답게
담장마다 정열의 장미
두 눈이 시리도록 매혹적이다

오월의 축복이여
찬란함이여

필 때도 질 때도
요란하지 않은 꽃들처럼
우리의 삶도
그렇게 잔잔하게 흘러간다

그 흐름에
나를 실어보자

음악의 향기

시린 계절
라디오 FM에서 흘러나오는
청량한 피아노 음율

그윽한 커피 한 모금 넘기면
따뜻한 위로와
드뷔시의 꿈결 같은 달빛 선율이 흐른다

잡힐 듯 말 듯 한 몽환적인
신비에 빠져든다

울림과 떨림을 넘어
마음의 울타리를 넓힌다
향기로운 사랑에 빠진다

가을의 시를 쓰며

식어가는 해가
내게로 기울어 온다

몇 방울의 눈물이었던가
바람과 햇살
그리고 시간을 버무려
핏빛으로
귤빛으로 물든다

난 거기에
문자 하나를 얹었다

아낌없이 나누고
미련 없이 비운다

가을빛이
영글어 가는
시 하나를 쓰는 중

행복해지기

세상은 감사로 가득하다
모두가 감사한 일이다

당신이 행복해지고 싶으면
감사를 먼저 배우라

철마다 새롭게 피어나는
꽃들을 보고 감사하라
그 향기를 만끽할 수 있음에
감사하지 않는가

세상살이는 모두
내 마음에 달려 있다

감사에 감사를 이으면
이슬처럼 반짝거린다
행복을 만날 수 있으리니

마냥 감사하는 사람은
삶의 전부가 행복으로
듬뿍 채워지리라

가을 여행

결 고운 햇살
시원한 바람이 숲속을 매만질 때
흥분 속에 떠난다

높아만 가는 파란 하늘
꽃구름 두둥실 떠가는
참 아름다운 계절

부푼 가슴으로
낯선 곳에 대한 기대와
동경과 설렘을 품는다

막상 떠나는 날
그리고 돌아오는 날
심장이 벌떡벌떡 들뜬다

결국 다녀오니
참 잘한 일이었다고

가을을 재촉하는 비

도닥도닥
간지럽게 들리는
계절의 노랫소리

아픔과 슬픔이 얼룩진 여름
그 정경 아릿아릿

하염없이 내리는 눈물은
헤어짐의 아쉬움인가
기다림의 설렘인가

창을 내리치는 빗소리
내 맘 통통 익어가는 소리

하늘타리

피어오르는 연기처럼
하얀 영혼 남김없이
불사르는 꽃

갈피갈피 서린 사연 바람에 실어
백두산 기암괴석에 내려놓는다

한라산 산상봉(山上奉)에 깃발처럼 꽂으면
오는 태풍과 온다는 쓰나미는
서쪽으로 갈까 동쪽으로 향할까

타래 타래 타래 치오르면
여름은 굽이돌고 갈바람 불어와
나도 익어가리라
하늘처럼 곱게
수박처럼 발갛게

선율

세상의 빛이
온통 빗줄기로 쏟아붓던
어느 날

내 가슴 끝 깊숙이 들려온
말러 교향곡 9번 4악장
슬픔의 강이
가슴속으로 밀려온다

나도 모르게 눈물이
스르르 흘러내린다

눈으로 볼 수 없는 음악은
마음을 어루만진다

머언 먼 어느 날
현과 건반 위의 나비가 날아가듯
작고 아름다운 내 마음의 향이
뭇 가슴을 울린다
야릿한 떨림으로

들풀 향기

여린 가슴 찰랑찰랑
바람에 나부끼는 초록 물결

길을 걷다 만난 들풀이
소곤소곤 속삭인다

씨 뿌리지 않아도
스스로 태어나고
자신을 드러내지 않는다

어디서나 자유롭고
상큼하고 어여쁜 들풀

작은 존재에서 느껴지는
신비로움이어라

연리지 나무

싱그러운 초록으로
우거진 숲길
발길을 멈추게 하는 나무

서로 다른 나무는
어떻게 한 몸이 되어
함께 살아갈 수 있을까

마침내 하나가 되어
같은 피가 흐르고
함께 체온을 나누는 사랑

서로 아픔을 위로하며
싹을 틔우고 꽃을 피운다

소멸의 때가 되면
서로 손잡고 함께
흙으로 돌아갈 거야
아마도 …

석양의 노을처럼

붉어지는
노을이 아름답듯이
우리네
석양도 근사해야 할 텐데

구질구질하지 말고
상큼했으면 좋겠다
마치 너처럼

제비꽃 사랑

거친 돌 틈 사이
길섶에 키 작은 소녀의
자기만의
매혹적인 색깔
꾸미지 않는
자줏빛 생명이 빛난다

요란하게 멋 내지 않아도
그대로 사랑스럽다

안녕, 예쁘구나 인사하니
보랏빛 미소로 답한다

모진 겨울을 이겨내고
건너온 나의 소녀야
참으로 너는
눈부신 기쁨이다

오늘은 봄날 제비꽃 사랑에
풍덩 빠진 날

제3부

두 손을 모으는 행복

봄의 움직임

햇살 한 줌에
눈이 녹고 봄이 오듯이

겨우내 움츠렸던 새싹이
기지개를 켰습니다

나무들은 저마다
꽃망울을 틔우기에 분주합니다

오늘 성당에 가는 길목
매화가 그윽하게 꽃을 피웁니다
봄의 생기가 활짝 피었습니다

새들도 포르르 포르르
신바람이 났습니다

수줍은 새색시처럼
그렇게 봄이 왔습니다

감사하는 마음

우리의 일상은
보고 듣고 말하고
생각하며 살아간다

그러나 이러한
당연한 삶이 그 누군가에게는
특별한 삶이기도 하다

우리가 매일 평범하고
소소하게 누리는 것

감사하는 마음의 힘은
지치지도 않고
꾸준히 가도록 도와준다

감사의 마음은
평범하지만
중요한 진리이다

두 손을 모으는 행복

내 삶을 허락하심이
얼마나 놀라운 축복인가

빈손으로 왔다가
빈손으로 돌아가는 삶

어떤 영웅호걸의 권세나
물질일지라도
떠날 때는 아무것도 없다

이 세상의 모든 것은
한순간에 사라지는 것
그러나 사랑만은 남으리

두 손을 모아
날마다 기도합니다

언제나 감사와 행복으로
살아가게 하소서

생각의 힘

삶에는 우연이란 것은 없다
우리 앞에 펼쳐지는
조화와 대립의 관계들은
공중에 퍼진 뒤 다시
되돌아오는 메아리와 같다

어떤 생각을
가슴속 깊은 곳에
은밀히 간직해 두면
그것이 씨앗이 되어 싹이 트고
잎이 떨어지다가
마침내 꽃이 피고
열매를 맺게 될 것이다

위대한 것을 지향하는
생각 속에서 머물자
그리하면
가장 위대한 존재가 되려니

차 한 잔의 향기

때로는
차 향기가 그리운 날
아늑한 찻집에 가면
특별한 향기가 있다

넘치지도
모자라지도 않는
온유한 정으로 그리움을
담아내는
변치 않은 향기가 있다

좋은 사람들과
사랑의 정을 느끼고
따뜻한 이야기가 오간다

잠깐의 여유까지

차 한 잔에는
많은 사랑이 담겨 있다

말 한마디

달콤한 말이 쏟아지는
요즘
잘 해석된 말 한마디
은은한 로즈마리 향기가 되어
몸을 간질이고

비비 꼬인
말 한마디 소태맛이 되어
몸을 떨게 한다

내 말 한마디
언제나
그대에게로 가는
향기로운 꽃이 되기를

신록의 옷을 입고

꽃이 진 자리마다
새초롬히 피어난 연둣빛
이파리

나뭇가지마다
초록 옷으로 갈아입고
찰랑거린다

향긋한 풀내음
달큰한 바람
자연이 빚어놓은
축복 속으로 빠져든다

오월의 장미
요염한 자태를 뽐내며
피어나고

그리웠던 초록의 계절
싱그럽고 상큼한 오월의
신록이여

민들레 홀씨가 되어

눈꽃 하얗게 피는
포근한 날씨에
흘러가는 시간 따라
홀씨가 되어

돌 틈에서
가랑잎 속에서
어디로 갈지, 어디로 뛸지

누구도 알 수 없는
바람에 몸을 맡긴 채
수없이 배회하고 배회한다

희망을 키워갈
앉을 자리 찾아서

말의 힘

내 삶은
말로 지어가는 집이다

말은
우리 삶의 순간순간을
창조하듯이
우리 마음과 몸을
지배한다

지금 내 앞에 펼쳐진
모든 상황을 보라
말이 만들어낸 결과물이다

나의 말 한마디가
은은한 로즈마리 향기가 되어
그대에게 날아간다

예쁜 꽃으로 피어나기를

정겨운 돌담길

부드러운
곡선미가 야트막하게
펼쳐지면

이웃을 품고
자연을 품고
생명을 품는다

조화롭게 어우러져
사계절 색다른 풍경으로
옹기종기 모여 산다

자연스러움이
마음을 편안하게 하듯
꼬리에 꼬리를 무는
정겨운 돌담길

구불구불 그 길을
걷고 싶은 봄이다

지는 소리에 마음을 담아

물결치는 치맛자락 끌고서
애절한 사연을 담아 떨어진다
흐르는 피처럼

모두가 고개를 들어
위를 바라볼 때
머리를 숙여 허리 굽혀
너를 바라보련다

삶의 무게를 싣고
어정쩡한 미완의 갈잎이 되어
빨갛게 노랗게 지는 소리에
마음이 더덩실
무늬 곱게 물들어 간다

파도

갈 때는 매몰차게
휩쓸고 가더니만

어머머, 웬 변덕이야
언제 그랬냐는 듯
돌아오는 것은 또 뭐야

찰랑찰랑 하얀 미소 머금고
왈츠춤을 추면서 돌아오는 그대

때론 살뜰한 정으로
때론 매서운 눈빛이지만
어쨌거나 너를 사랑해

순수한 너의 몸짓에
내가 홀딱 반했으니까

안단테

아픔 딛고 일어선
여리디여린 연둣빛 새싹
설레던 봄

짧기만 한
어느 봄날 찰나의 시간
여름은 어느새 다가와서
나를 기다린다

나뭇가지
싱그러운 초록 이파리 위로
뜨거운 햇살 내려앉는다

새소리는
잔잔한 음악이 되고

바람 타고 안단테 안단테
그대의 향기
은은하게 흐른다

별이 빛나는 밤

신비로운 파란 하늘에
노란 별들이 영롱하게
반짝거리며 물결치듯
고흐의 해바라기 향기가
슬픔으로 젖어든다

폴 고갱과 생활하면서
자신의 귀를 자르고
정신 병동에서 별밤을 그린다

베토벤처럼 고통 속에
위대한 음악이 나오듯이
한 인간의 집약된 내면세계를
숭고한 예술로 펼쳐 보인다

슬프고도 아련한
그 밤의 향기이런가

그림에 취하고
향기에 취하며
그의 삶의 비운에 취한다

아침 기도

주님!
지난밤 단잠을 주셔서 감사합니다
새 하루 주셨으니 고맙습니다

맑고 진실하고 순수함으로
오늘을 채우게 하시고
나의 교만과 거만을 씻어 주시네

내 삶은 오늘 잠시 은총으로
받은 것임을 잊지 않게 하소서

내 이웃을 내 몸처럼 사랑하며
당신 안에서 날마다 새롭게 하소서

눈 내리는 날

천사의 선물처럼
눈이 내립니다

빈 가지마다
하얀 꽃 피우며
하이얀 세상

마음의 숨결이 맑아집니다

누구의
발자국인지 모를
발자국이 그려져 있습니다
겨울 운치를 더해줍니다

아직도
하이얀 눈을 보면
내 어린 순수는
동심이 되어 설렙니다

감국

마른 덤불 헤집고
살포시 고개를 내민
노오란 미소

햇볕 잡으려
안간힘 썼는지
야윈 듯 가녀린 숨결

추워도 당당한 모습
누구에게나 위로가 되니

은은한 그 향기
우아한 그 몸짓에
동토는 벌써 푸른 꿈 꾼다

비 오는 날의 묵상

서럽게 우는
하늘의 마음을
먼지만큼도
알지 못하는 인생

맑은 날만 계속되면
비와 구름의 고마움을
모르는 법

먹구름에 천둥 번개가
요란하게 쳐야만
해의 깊이를 알 거야

자연의 조화로움 속에서
생과 사의 사계처럼
지혜와 만족을 찾아가는 것이
살아가는 멋이 아닐까

변화무쌍한 환경이라야
아름다운 삶이 엿보이더라

자귀나무꽃

쏟아지는 햇살 아래
고운 꽃술은 비단같이 고와라

진통 없이 피는 꽃이
어디 있으랴

신비스러운 너의 매력
눈이 부신다

여리고 여린 꽃잎
달콤한 그 향기에
가는 길 두근두근
내 발길 붙잡는다

살포시 미소 지으며
다가온 매력쟁이

오묘한 꽃들의 세계 속에
환희의 여름이 깊어 간다

홍시

냉기 품은 이파리
바람에 다 벗어버리고

주황색 마음은
가지 끝에 대롱대롱

아직 무슨 미련 남았을까?
마지막 잎새도
떠났건만

서녘 빛 아름 따다가
몸과 마음
정성을 다해 화장하더니

농밀한 인정은
인고의 시간에 절어져
노을빛으로 활활 타오른다

제4부

자연은 언제나 옳다

자연은 소중하다

유년의 여름은 뜨거움조차
낭만이었고 선물이었는데
가까이 오는 그 아픔 무서워라

곳곳에 물난리로 침수 피해 속출하고
뜨거운 폭염으로 가슴이 타들어 가니

모든 일에는 인과가 있듯
과도한 탄소 배출 지구 온난화를 가속시켜
북극 빙하의 해빙을 불러와

물질 중심의 삶은
결국 생명을 파괴하누나

삶의 중심은 생명인데
싹트고 열매를 맺게 하는 그 자연 소중하다

우리 미래 세대에게
온전한 지구를 후세에 물려주는 것이
우리 어른들의 몫이 거니

아름다운 자연은 소중해, 생명처럼

가을 하늘처럼

높고도 깊은
파아란 하늘에
구름이 두둥실 두리둥실

흘러가는 그림
평화의 선율이다

부드럽게
쏟아지는 햇살 아래
고추잠자리 밭을 갈고

고통 속에
창조의 씨앗이 주렁주렁
열매가 그득하니
사랑의 결실 충만하다

욕심도 매임도 없는
가을 하늘처럼
넉넉하게 살아가면 참 좋으리

배롱나무꽃

불같이 뜨거운 계절
작열하는 태양 아래
아련한 설렘에
화사한 모습 기껏 부풀렸다가

덥다고 칭얼거리지도 않고
자기만의 매력으로
무언으로 통달하는 꽃의 세계에서
아름다운 빛만 내뿜으니

가지마다 대롱대롱 열린
연분홍 그 사랑
몽실몽실 노래한다
익어가는 여름, 깊어지는 마음을

깨어 기다리며

험난한 세상을 힘겹게 살아가는 시대

주님이 나의 손을
잡아주시니 발걸음이 가볍고 따뜻하다

습관적으로
기도하시는 주님을
닮아가듯
말씀으로 무장하고
성령 충만으로 스스로
단정히 한다

늘 깨어 있지 않으면
유혹에 넘어지리니

사랑의 마음으로
희망의 마음으로

내일의 희망찬 태양이
떠오르는 것을 바라보라

잊지 못할
십자가의 사랑을
꽃피우며 늘 가슴에 새기리

깨어 있는 삶을 살리라

겨울꽃

가을꽃 품고
떠나간 자리
빈 가지마다 하얀 숨결
눈꽃 되어 피었네

물빛 풀빛이
저리도 예쁠까?

회색빛 겨울이
함박웃음처럼
하이얀 눈꽃

보석처럼 영롱하게
반짝반짝

순백의 꽃
내 마음의 숨결이
맑아집니다

가을 그 후

맨살 나뭇가지에
바람이 앉는지
흔들린다

힘든 매달림은
하공 같은 한숨을 쉬고

몇 잎 남지 않은 나뭇잎
휘어지다가 떨어진다

꾸역꾸역 넘어가는
하루의 해가 짧다

감국의 깊은 미소가
다소곳이 아름답다

겨울은 또 마음을
그렇게
잔잔히 두드린다

겨울의 문턱에서

거리 위에 뒹구는 나뭇잎
가을의 끝 놓지 못하고
내세를 얻지 못함을 슬퍼할 때

그 시절 추운 줄 모르고
마냥 토끼처럼 깡충거리던
추억들이 새록새록

여름이 찾아와
떠난 봄이 그립더니
겨울을 맞으니
떠나는 가을이 아쉽거니

아, 계절은 그리움의 연속이어라
못 잊을 사람
내가 그리워하듯이

충만한 가을

꽃이 떨어진 자리마다
익어가는 열매

기쁨의 열매
행복의 열매
그리움의 열매

아프고 힘들지 않고
열리는 열매는 없을 거야

뿌린 만큼 거둔다는
영원한 진리

쉼 없이 떨어지는 낙숫물에
호숫가는 마냥 넘실넘실

하늘이 한층 높아질 때
나의 바구니에도
가을이 소복소복 쌓인다

깊어가는 가을

아침 산책길
바스락 가을길을 걷는다
곱게 물드는 나뭇잎 사이로
가을이 깊어간다

숲속은 어둡다
습한 곳에 있는 것들이
고스란히
제 모습을 그대로
드러낸다

가을의 온유한 햇살
고운 빛으로
나뭇가지마다
빨강 노랑 색색의 물감을
풀어놓는다

애잔한 사연을 담아

툭툭 떨어져 내린다

눈이 시리도록 아름다운
가을 풍경
눈길 머무는 곳 마다
자연을 예술처럼 빚는다

스치고 지나갈 계절 속에
가을의 선율이 흐른다

이끼

겨울 숲에는
가벼운 것들만 산다

가벼워야
드러나는 낮은
생명이 있다

바위 하나를
촘촘하게 다 덮은
이끼

낙엽이 내렸다가
비끼는 시간에도

저들끼리 엎드려서
꿉꿉하다

비 내리는 날

비가 창문을 두드린다
창틈으로 비 내음이 풍겨온다
상큼한 풀향기와 함께

아무 생각 없이
내리는 빗방울만 바라본다

어느새 차분해지는데

인생의 주인공은 내가 아닌가
내가 있어 커피도 마시고
내가 있어 음악도 들으니

비는 계속 내리고

봄을 기다리며

새 생명의 싹이
힘차게 돋아난다

자연의 소리가
들리지 않는가

마음을 열고 들어보라
생명의 소리가 들린다

한겨울 언 땅을
뚫고 나오는
새싹의 힘은 위대하다

성숙의 삶

나이 들어가는 것은
늙어가는 것이 아니다
나이 들어가는 것은
조금씩
익어가는 것이다

무르익어 가는 열매처럼
풍성해져 가는
인생은 지극히 아름답다

하루의
긴 여정을 끝내고
해 질 녘 붉게 물드는
노을처럼
그윽하게 익어가고 싶어라

그곳에 가다

삶은
순간순간이
새로운 기회다
결정의 순간이다

모든 순간순간은
무한한 가능성을 포함한다

인간의 가장
아름다운 창조물인 예술

꿈과 희망을 위하여
나래를 활짝 펼치며
나에게 주어진 길을 걸어가리라

감사하는 마음으로
기도하는 마음으로

삶

흘러가야 하리
흐르고 흘러서
흘러가야만 하리

물은
물대로

바람은
바람대로

아! 사는 것은 그냥 그렇게
흘러가는 것

자연은 언제나 옳다

계절은 돌고 돌아
다시 찾은 곶자왈 숲길

숲속의 달큰한 향기
풀어놓고 우리를 반긴다

킁킁거리며 향기를 모은다

새들의 메아리 사방에서
들려오고
나뭇잎 찰랑찰랑 손짓하며
반기며

잔잔한 들꽃 생글생글
웃으며 인사한다

숲속의 향연은 나를
눈멀게 한다

사람의 발길이
많이 닿지 않는 태고적
자연의 숨결

선물 같은 미소가
번지고

우리는
자연 때문에 살고
자연 때문에 행복하다

담쟁이의 꿈

여리디여린 생명
무리를 지어 소곤소곤
밋밋한 담벼락 타고 오르고
또 오른다

오, 아름다워라
서로가 배려하고 사랑하며
초록 실루엣 리듬을 타고
생명을 이어간다

황홀한 저 모습

한 덩굴 두 덩굴
생명의 끈을 놓지 않고
밀어주고 당기어주며

나란히 꿈을 향하여
가는 길 그 끝이
어딘지는 몰라도 그 꿈이
무엇인지 몰라도 …

가을 끝자락

찬 기운 품은
거친 바람 바닥에 뒹굴고
밟혀 으스러져도
온몸으로
가을이었던 낙엽

계절은 하이얀 그리움을
기다리며
겨울 속으로
긴 여정을 떠나려나 봅니다

이미 예정된 이별

빈 몸으로
모조리 떨구어 내는
마음 시리게
깊어지는 가을 끝자락

덩달아 내 마음도
소슬해집니다

무언의 날개

지루해지는 석양빛에
날개를 달아주려
상상의 나래를 편다

어떻게 하면
더욱 밝게 떠올라
검은 새벽 환히 밝혀낼까

수많은 말은 낙엽과 같기에

발그레한 미소가
밝음을 더 한다는 것을 알고
문을 여는 그녀에게
처음처럼 은은한 미소를 짓고

얼마 후,
그녀는 신들린 무당처럼
훨훨 날아다니는 것을

눈꽃

시린 바람 불어와
함박눈 흩날리며
새하얀 눈꽃 송이

빈 가지 위에
잎새 위에
눈부시게 비끼고
세상은 하얗게 영급니다

온 누리에 순백의 꽃이 되어
새하얀 눈꽃이 그려놓은
신비로운 풍경에

맑은 행복이 꽃처럼
피어납니다

제5부

새벽이 가져다준 행복

가을에 물들다

소슬바람 따라
길을 나서니

뚜욱 뚝
가을이 떨어진다
슬며시 내려앉는다

삶의 무게 내려놓고
깊어가는 가을

기댈 곳 없는 대지 위에
알록달록 단풍이 비낀다

바스락바스락
가을길을 걷는다

나도 가을과 함께
꽃처럼 곱게 물든다

바람이고 싶은 날

어디에도
머물지 않고
구름 따라 흐르다가
물 따라 흐르다가

어디선가
누군가를 만나면
가볍게 손 흔들며
가벼운 바람이고 싶을 때가 있다

그러면 너와 나
슬픔이라든가
그리움이라든가

그런 것에 연연하지 않는
가볍게
고요히 스쳐 가는
바람일 텐데

팜파스의 꿈

보슬보슬
봄비가 되어
대지를 적시련다

메마른 들판에 새싹이 움트게
살랑살랑 바람이 되어
바다를 다듬으련다

성난 파도 고요히 잠들게
보들보들 빗자루 되어
하늘을 쓸어 주련다
어둠 속 뭇별이 웃고 춤추게

투명한 날개 휘휘 저어서
모든 생령(生靈)
맑고 순수하게 만들고 싶어라

꽃

생각 없이 길을 가다가
시선을 사로잡는 그녀

그녀를 만나면
나도 모르게
스르르 입꼬리가 올라가고
웃음꽃 피우게 한다

그녀를 바라보는 순간
닫혔던 마음 활짝 열리며
내 안에도 꽃 한 송이 피어난다

세상에 꽃이 없으면
얼마나 삭막하고
무미건조할까

자연의 섭리대로
피고 지는 그녀들

계절을 느끼고
향기를 느끼고

작지만 아름다운 세상
감사하며

우리 마음속에 예쁜 사랑꽃
피우며 살자

열매달의 노래

한들한들 들녘을 덮은
구월의 잎새

새로운 얼굴
꿈을 향해 힘껏 추켜든다

단단히 뿌리박은 채
여름의 돌풍을 버티며
가꾸어온 꿈

그 꿈을 펼치려고
계절의 넋은
쉴 새 없이 영글어간다

새벽이 가져다주는 행복

별빛도
달빛도 고요한 시간
어두운 공기가 가라앉고

여명이 기지개를 켜면
찬란한 아침이 밝아온다

아침 공기만큼이나
차분해진 마음으로

커튼 사이로 엷은 햇살이
싱그러운
또 다른 하루를 맞이한다

쌔근쌔근 잠자던 풀잎들도
깨어나 방긋 웃는다

사랑스러운 봄
설렘으로 희망으로
마음에도
새로운 신록의 세상이 펼쳐진다

따뜻한 말 한마디

지친 그녀를 만났다
파리한 얼굴
많이 지쳐 있었다
건강이 않좋단다

부잣집 마나님은
늘 외롭단다
관심을 더 가져줘야 했다는
생각이 들었다

나이테가 늘어 갈수록
외로움을 더 많이 탄다는데
그녀의 하소연이
마음이 아프다

따뜻한 말 한마디가
그리운 그녀

고마워하는 선한
얼굴을 보니 안쓰러웠다

누구에게나 늘
따사로운 눈빛 그런 삶이 되고 싶다

아름다운 마무리

어느덧
올해도 끝자락에 와 있다

연초에 세웠던
계획은 잘 이루어졌는지
뒤돌아보며

다채로운
희망의 날개를 펴서

밝아오는 새 세상이
배시시 미소를 지으며
다가오고 있다

살아 있음에
감사하며 손 내밀며
설렘으로 맞이하자
아름답게

별들의 노래

별 하나 방긋
별 둘 생긋
소곤소곤 쌔근쌔근
밤새도록 다정하다

태곳적부터 이어온
전설과 고운 이야기들
가슴 먹먹한 아련한 사연들까지

밤새 쏟아내어 흐르는
은은한 교향곡
그 우아한 선율에 숨이 멎는다

온 하늘의 별을 춤추게 하는
축복의 울림은
영원하리라, 영원하여라

대지와 어머니

봄길은
모든 땅이 풀리면서
멀리 간 것들이 다시 돌아온다

연둣빛 새싹
새들의 노랫소리
찰랑찰랑 풀들의
속삭임

눈 감고 갈 수 있는 고향길 같은
낯익은 초록 융단이 펼쳐진다

어머니 등에 기대어
보았던 봄

따스한 울림
여린 새순 움트고 있는
대지와 어머니

사랑

얼마나 아프셨을까
그 고통
어찌 잊을 수 있을까
가시관 고통

이마를 찔러도 원망도
불평도 없으셨다

우리의 죄를
용서하시기 위해

나의 죄를 대속하여 주신
주님

이보다 놀라운
사랑이 어디 있을까

날 위해 십자가에
달리신
그분을 영원히 사랑하리라

제주의 바람

살랑살랑
파란 바람이 불어온다

계절마다
바람의 색깔이 다른가 보다
때로는 하얗게 파랗게
가끔은 빨갛게 노랗게 부는 걸 보면

어디를 가나 바람이 분다
섬의 뿌리는 단단해지고
가녀린 가지는 하느작하느작

바람도 가끔은
구름처럼 떠돌다가 시간을 잊는다

산새 소리에 취해 잠을 자다가
안개 속 제주 섬 키우는 바람
내 몸을 스치면

어느새
멍청하게 바람과
하나가 되어가고 있다

나의 사랑 칸나

눈물을 글썽이며
노랗게 빨갛게
생글생글 웃는다

하늘에 무슨 일이 있었을까?
날마다 눈물을 흘리다가
생글생글 웃는 그대

나도 함께 울다가 웃는다
아! 언제나 한결같이
수줍게 웃는 내 사랑이여!

내 마음 뒤흔드는 그대는
나의 사랑 나의 칸나

베고니아꽃

심장을 터트리고 분출하는
뜨거움도 어둠도 헤치고 솟아나는
저 작은 불꽃을 보라

고귀한 자태
여러 빛깔의 매력으로
내 마음을 훔쳐 간 여신이여!

꽃을 싫어하는 사람은 없으리라
늘 아름답고 향기로우니까

하지만 누가 아는가
베고니아꽃을 만나지 못한 사람은
꽃을 운운할 자격이 없다는 것을

보아라
여기 빙그르 미소 짓게 하는
저 요염한 자태를

수줍은 봄

하나의 씨앗이
땅에 묻혀서 꽃을 피운다

열매를 맺기까지
사계절의 순환이 필요하다

길고 긴 겨울을 지나
봄은 꼭 온다는 사실

그 진실은
변함이 없으리

연둣빛 고운 숨결에
살며시 눈 비비는 봄

두근두근 설레는 봄
수줍게 깨어나는 봄봄

손편지를 받고

편지를 보냈습니다
심쿵…
설마 했습니다

꼭 일주일 만에
우체통에 편지가 와서
나를 기다립니다

얼마만 인지
그 설렘이 좋았습니다
나도 모르게
가슴에 따뜻이 품고 말았습니다

디지털시대
물질만능주의가 사람들의
순수한 마음을 앗아가듯
느림의 단어들이
시간의 속도 속에 묻혀 버린
우리의 삶

그 시간 속에
정서도 인정도
점점 메말라 갑니다

그녀는
카페를 운영하려고 바리스타
자격증을 취득하기 위해
학원을 다닙니다

가정 이야기 아이들 얘기
다채로운 사연이 들어 있었습니다

정성 들여 꾹꾹 눌러쓴
그의 손편지

꽃처럼 마음이 순수한 그녀
꼭 자격증을 취득해서
바라는 꿈 이루기를
소망합니다

오월의 풍경

눈길 머무는 곳마다
보석처럼 빛나는 이파리

보는 이의 마음이
초록초록 싱그럽다

조용히 피고 지는 꽃
그 찬란함에 물든다

사계의 자연이 눈물겹도록
참 아름답다

그 속에는
그리움도 있고
아련한 추억도 있고
사랑의 아픔도 있다

여름이다

푸르른 나뭇잎을 보며
비발디 여름을 듣는다

가슴 벅찬 오월의
풍경이다

서우봉 접시꽃

재잘거리는
감미로운 새소리 들으며
푸른 바다
가슴에 담는다

삼삼오오
성당 자매님들과 야유회
유월의 햇살과 손잡고
한마음이 된다
사랑의 마음으로
감사의 마음으로

삐질삐질 땀 범벅으로
언덕길 접시꽃을 만난다

넓은 가슴 활짝 열고
아양을 떨며 웃는다

유월의 태양 아래
솔솔 부는 바람과 함께
층층이 접시꽃 사랑이
피어난다

망초꽃

봄 들녘
반짝이는 햇살 아래
한들한들 춤추며
하얗게 미소짓는 그녀

발길을 멈추고
한결같이 참 예쁘구나

누가 알아주지 않아도
너만의 소박한 아름다움
있는 듯
없는 듯

무리지어 소곤소곤
향기로
벌을 부르고
나비를 부른다

목련꽃

겨우내
꽃망울 가지 끝에 품고
모진 추위를 견딘 여인이
하얗게 웃는다

봄 햇살에 간지러움을 타더니
순백의 사랑으로 피어났네

하얀 순수 몽글몽글
고결한 그녀의 향기
3월의 거리가 화사하다

차가운 봄비에
가엾게 떨어지는
꿈같은 짧은 순간

아! 애달파라

자연에서 찾은 사랑과 감사의 행복한 울림
– 송미옥 시인의 두 번째 시집 『돌담』을 읽고

최 봉 희(시조시인, 평론가, 글벗 편집주간)

아름다운 삶, 행복한 삶에는 어떤 원칙과 기준이 있을까? 빈센트 반 고흐의 말을 빌리면 "아름다운 삶이란 싹을 틔우는 것이다. 그 싹을 틔우는 힘은 바로 사랑에서 나온다." 라고 했다.

그러면 '사랑'은 도대체 어떤 가치를 지니고 있는가? 삶에 대한 사랑, 나에 대한 사랑, 그리고 이웃과 자연에 대한 사랑이 아닐까?

송미옥 시인의 두 번째 시집 『돌담』의 100편의 시를 탐독했다. 그 감회를 말하면, 제주도라는 자연을 통해 얻은 "사랑과 감사의 행복한 울림"이었다.

송미옥 시인은 제주도에 거주하는 시인이다. '책갈피 속 풍경'이라는 북카페를 운영하고 있다. 그 때문인지. 그의 시에는 시의 소재로 제주도의 자연인 바람, 하르방, 바다가 자주 등장한다. 그렇다면 그의 시에 드러난 핵심적인 가치는 무엇일까? 분석한 결과, 사랑(28회), 감사(17회), 행복(11회), 희망(6회)이다. 이에 필자는 그의 시적 특징을 제주도라는 자연에서 찾은 사랑과 감사, 그리고 행복이라고 말하고 싶다. 다시 말해 송미옥 시인의 시는 자연에서 얻는 깨달음, 곧 진리 탐구일 수밖에 없다. 진리 탐구는 자연의 형상과 사실을 바탕으로 깨달음과의 교섭에서 비유적인 언어, 영탄적인 언어가 매개로 등장한다.

　바스락
　들릴 듯 말 듯 목소리
　귓가를 간지럽힐 때

　찌르르르
　수풀 사이 풀벌레 소리
　종일 울어대는 석쉰 목소리

　눈이 부시게 푸른 하늘에
　흰 구름 두둥실 춤추는 소리

　스적스적 들려오는 소리
　향기롭게 물드는 소리
　오, 자연이 익어가는 소리

　소슬바람 맑게 춤추는
　신비스러운 생명의 소리
　구석구석 귓맛도 참 좋아라
　　　　－ 시 「가을의 목소리」 전문

시인에게 있어서 자연의 소리는 신비의 소리, 생명의 소리로 다가온다. 시인은 가을의 목소리를 '자연이 익어가는 소리'라고 말하면서 "귓맛도 참 좋아라"라고 표현한다.

자연은 우리에게 하나 되게 하는 가르침을 준다. 그 때문일까? 시인은 길가의 나무와 꽃, 그리고 바람에게 말을 건넨다. 한마음이 되고 싶은 것이다.

서럽게 우는
하늘의 마음을
먼지만큼도
알지 못하는 인생

맑은 날만 계속되면
비와 구름의 고마움을
모르는 법

먹구름에 천둥 번개가
요란하게 쳐야만
해의 깊이를 알 거야

자연의 조화로움 속에서
생과 사의 사계처럼
지혜와 만족을 찾아가는 것이
살아가는 멋이 아닐까

변화무쌍한 환경이라야
아름다운 삶이 엿보이더라
- 시 「비 오는 날의 묵상」 전문

시인은 인생을 자연과 빗대어 표현한다. 비와 구름이 있고, 먹구름과 천둥 번개가 있어야만 해의 깊이를 알 수 있고 자연의 조화로움 속에서 지혜와 만족을 찾아간다고 했다. 그것이 바로 살아가는 멋, 변화무쌍한 자연 속에서 경험하고 깨달은 삶의 진리라고 말한다.

> 푸른 시절 뒤로 한 채
> 온기 없는
> 메마른 상념은
>
> 부는 바람 따라
> 흔들리는 가지에는
> 마지막 그리움 남아 있다
>
> 떨리는 숨결은
> 힘든 매달림에
> 허공 같은 한숨을 쉬고
>
> 돌아서는 누군가의 발걸음은
> 남겨진 추억처럼
> 서녘 빛 그림자로 비끼고
>
> 찬 구름 사이에
> 애처로이 남아 있는
> 가을 한 조각
> − 시 「마지막 잎새」 전문

제주도의 삶의 지배적인 조건은 '바람'이다. 해마다 다가오는 바람은 봄의 샛바람, 여름의 마파람, 가을의 갈바람, 겨울의 북풍이 제주 바다에서 불어온다. 바다에서 뭍으로 불어오는 바람은 수많은 오름과 산골짝을 휩쓸어 올라가거나 혹은 치달아 내려간다.

바로 제주도에는 어디를 가나 바람이 존재한다. 하지만 제주도의 삶과 정서는 바람에 불려 흩어지는 것이 아니다. 끝끝내 땅에 둘러붙는다. 바람이 부는 나뭇가지는 물론이고 꽃과 땅에도 마지막 그리움이 남아 있는 것이다. 섬은 인간의 한 생애와 역사가 꿈꾸어온 이상향을 담은 그리움의 바다 위에 떠 있는 것이다.

> 살랑살랑
> 파란 바람이 불어온다
>
> 계절마다
> 바람의 색깔이 다른가 보다
> 때로는 하얗게 파랗게
> 가끔은 빨갛게 노랗게 부는 걸 보면
> 어디를 가나 바람이 분다
> 섬의 뿌리는 단단해지고
> 가녀린 가지는 하느작하느작
>
> 바람도 가끔은
> 구름처럼 떠돌다가 시간을 잊는다

산새 소리에 취해 잠을 자다가
안개 속 제주 섬 키우는 바람
내 몸을 스치면

어느새
멍청하게 바람과
하나가 되어가고 있다
- 시 「제주도의 바람」 전문

제주도의 옛 구전 노래에는 한라산의 나무들이 노(櫓)가 되어 부러져나갈 때까지 배를 저어 이어도로 가자고 절규한다. 제주인들의 이어도는 바람이 불지 않는 땅, 인간의 목숨이 바람의 앞에 풍화되지 않는 어떤 섬인 것이다.

제주도 사람들은 바람이 잠든 날 죽는 죽음을 생의 마지막 사치로 여기고 있다. 다시 말해 바람이 잠들고 바다가 잔잔한 날 죽는 사람의 영혼은 천당에 가는 것으로 믿고 있다. 시인이 말한 것처럼 '바람과 하나가 되는 삶'을 살고 있는 것이다. 경작지 한복판이나 산비탈에 돌담을 쌓고 누운 제주의 많은 무덤 위로 바람은 끊임없이 불고 있기 때문이다.

아름다운 꿈이 있는 사람은
언제나 행복하다

그 꿈을 하나씩 이루는 과정은
너무나 가슴 벅찬 일이지만

시로 돌담을 쌓아야겠다
시는 마음을 비추는 거울이니까

돌담처럼 빈틈 많은 나이지만
누군가의 마음에
잠시라도 스쳐 갈 수만 있다면
마냥 모든 것에 감사하리라

영혼이 시들지 않는 삶 살고 싶다
내 영혼의 돌담처럼
틈새 틈새 깔끔히 메꾸며
– 시 「돌담처럼」 전문

 시인은 끊임없이 시를 쓰는 꿈이 있는 사람이다. 마음을 비추는 거울을 바라보듯이 매일 매일 차곡차곡 돌담을 쌓고 있다. 시로써 영혼의 돌담을 쌓고 있다. 본인이 말하는 것처럼 틈새가 있는 부족한 삶이지만 그의 시는 돌담처럼 내면을 성찰하면서 사랑으로 깔끔히 메꾸는 중이다. 필자는 이를 '내면 가꾸기'라고 말하고 싶다.
 빈센트 반 고흐는 "삶을 사랑하는 최선의 길은 사랑하는 것이다."라고 말했다. 삶이란 생명을 갖는 것이다. 한 사람 한 사람이 품는 희망의 역사다. 이로 인하여 세상의 아름다운 가치를 더하는 것이다.

부드러운
곡선미가 야트막하게

펼쳐지면

이웃을 품고
자연을 품고
생명을 품는다

조화롭게 어우러져
사계절 색다른 풍경으로
옹기종기 모여 산다

자연스러움이
마음을 편안하게 하듯
꼬리에 꼬리를 무는
정겨운 돌담길

구불구불 그 길을
걷고 싶은 봄이다
- 시 「정겨운 돌담길」 전문

 시인에게 제주도의 '돌담'은 평화 그 자체다. 부드러운 곡
선미에 이웃과 자연과 생명을 품고 있지 않은가. 옹기종기
모여 사는 자연스러운 평화, 정겨움이 있는 풍경이다. 어쩌
면 자신의 감성을 지켜주는 소중한 존재로 돌담을 형상화
하고 있다.

    햇살 한 줌에
    눈이 녹고 봄이 오듯이

겨우내 움츠렸던 새싹이
기지개를 켰습니다

나무들은 저마다
꽃망울을 틔우기에 분주합니다

오늘 성당에 가는 길목
매화가 그윽하게 꽃을 피웁니다
봄의 생기가 활짝 피었습니다

새들도 포르르 포르르
신바람이 났습니다

수줍은 새색시처럼
그렇게 봄이 왔습니다
- 시 「봄의 움직임」 전문

제주도는 사람과 사람이 사는 자유의 섬이다. 섬에서 만나는 자연은 시인에게 놀라움과 희망을 선사한다. 거기에 더하여 평화로움을 선사한다. 그래서 시인은 그 자연 속에서 자신의 모습을 찾는다. 시인은 티 없는 거울과 하늘, 자연을 만나고 싶은 것이다.

아침 숲길을 걷는다
사각사각 나뭇잎
숨 쉬는 소리

겨드랑이 간질이는
상큼한 바람

저마다의 독특한 향기를
뿜어내는 자연

자연은 평화롭고
몸과 마음이 맑아진다

어느새
세상의 근심까지 품어준다
온몸은
구석구석 숲속의 숨결
스르르 스며든다
– 시 「자연의 숨결」 전문

 시인은 아침의 산책을 통해 느끼는 소리, 바람, 향기를 경험하면서 마음과 몸이 맑아지는 평화를 느낀다. 자연에서 평화를 얻듯 근심을 잊고 행복을 경험한다. 왜냐하면 자연은 공평하고 정직하다. 온 세상을 하나로 만들기 때문이다. 특별히 자연은 진실하다. 누구에게도 거짓말을 하지 않으니까 있는 그대로의 자연스러움이다.

숲속의 향연은 나를
눈멀게 한다

사람의 발길이

많이 닿지 않는 태고적
자연의 숨결

선물 같은 미소가
번지고

우리는
자연 때문에 살고
자연 때문에 행복하다
- 시 「자연은 언제나 옳다」 일부분

자연은 침묵 속에서 끊임없이 꽃을 피우고 열매를 맺고 자신을 늘 새롭게 한다. 자연의 이러한 모습을 통해서 시인은 그 자연을 배운다. 그래서 시인은 자연 때문에 살고 자연 때문에 행복하다고 말한다.

자연의 숨길은 신의 손길이다. 하지만 창조의 손길이 필요하고, 노력과 인내의 손길이 필요하다. 자신의 내면을 가꾸고 돌보는 소중한 존재이기 때문이다. 그래서 시인은 오늘도 시를 쓴다.

보슬보슬
봄비가 되어
대지를 적시련다

메마른 들판에 새싹이 움트게
살랑살랑 바람이 되어
바다를 다듬으련다

성난 파도 고요히 잠들게
보들보들 빗자루 되어
하늘을 쓸어 주련다
어둠 속 뭇별이 웃고 춤추게

투명한 날개 휘휘 저어서
모든 생령(生靈)
맑고 순수하게 만들고 싶어라
– 시 「팜파스의 꿈」 전문

팜파스(Pampas)는 원래 이름은 '팜파스 그라스'로 서양의
억새풀이다. 시인은 봄비가 되고, 바람이 되는 것은 물론,
빗자루가 되어서 이 세상을 맑고 순수하게 만들고 싶어한
다. 개인에게 말하면 내면 가꾸기인 셈이다.
시인은 내면의 뜰을 다듬으며 아름답게 꽃 피우며 살고
싶어 한다. 꿈이 늙기 전에, 마음이 가난하기 전에 내면 가
꾸기 필요한 것이다. 나의 삶을 아름답게 하는 최선의 길
은 많은 것을 사랑하는 것이다. 시인은 많은 독자가 풍성
하고 아름다운 삶을 살아가길 소망한다.

얼마나 아프셨을까
그 고통
어찌 잊을 수 있을까
가시관 고통

이마를 찔러도 원망도
불평도 없으셨다

우리의 죄를
용서하시기 위해

나의 죄를 대속하여 주신
주님

이보다 놀라운
사랑이 어디 있을까

날 위해 십자가에
달리신
그분을 영원히 사랑하리라
– 시 「사랑」 전문

 하나님은 모든 자연과 인간을 사랑의 마음으로 만들었다.
송미옥 시인도 그렇게 깨닫고 있는 듯하다. 본인이 쓰는
시에 사랑의 마음을 담고 있기 때문이다.
 사랑이 있으면 누구나 아름다움을 느낀다. 그 아름다움을
성취하는 순간, 감사의 마음도 싹튼다. 그것이 바로 행복이
아닐까 한다.
 사랑은 우리가 바라는 모든 것을 탄생시키는 샘물이다.
내 가슴이 사랑으로 아름답다면 그 순간은 어쩌면 신이 내
가슴에 머물고 있다는 증거가 아닐까?
"모든 아름다움에는 사랑이 있다."

플라톤의 말이다. 누군가에게 어떤 사물에서 아름다움을 느낀다면 그 안에 사랑이 있다. 사랑과 아름다움은 떼려야 뗄 수가 없다. 우리가 어떤 대상을 아름답게 만들고 싶다면 그 안에 사랑을 넣으면 된다. 사랑의 마음으로 다가가면 된다.

시인은 오늘도 기도하며 고백한다. 십자가의 사랑을 기억하면서 사랑의 마음으로 살아가겠다고 다짐하는 것이다.

노력 속에 허우적거릴지
편안함 속에 무념이 될지
갈피에 갈피를 따르는 상념이어라
내일의 훗날을 두고

보아라, 구름에 맞닿은 저 푸른 들녘을

거미는 부지런히 거미줄을 엮고
꿀벌은 쉼 없이 꽃 사이를 누빈다

그 모든 것이
시간과 함께 사라지는 것이라면
사라지는 날까지
아름다움을 부여함은 어떠리

찬란한 태양은 아닐지라도
꽃처럼, 별처럼
– 시 「여름밤의 사색」 전문

사랑의 마음은 스스로 터득하는 일이다. 사람이 성장하면서 말문이 처음 열리고, 키가 자라면서 사랑하고, 고통도 받아들이는 나이가 된다. 다만 그것은 누가 가르쳐 주지 않는다. 스스로 새로운 사실을 깨달아야 한다.

사랑은 우리의 생각과 말과 행동에 스며든다. 그래서 성품이 되고 인격이 된다. 사람에게 창조와 사랑이 가능한 것은 새로운 사물과의 만남이라는 경험에서 비롯된다. 좋은 생각을 하면 좋은 관계를 맺고 좋은 경험을 추구하게 된다. 그 마음이 그 사람을 성숙시키고 행복하게 만드는 것이다.

세상은 감사로 가득하다
모두가 감사한 일이다

당신이 행복해지고 싶으면
감사를 먼저 배우라

철마다 새롭게 피어나는
꽃들을 보고 감사하라
그 향기를 만끽할 수 있음에
감사하지 않는가

세상살이는 모두
내 마음에 달려 있다

감사에 감사를 이으면

이슬처럼 반짝거린다
행복을 만날 수 있으리니

마냥 감사하는 사람은
삶의 전부가 행복으로
듬뿍 채워지리라
– 시 「행복해지기」 전문

　감사하는 사람은 삶의 전부가 행복으로 채워진다. 그래서 감사는 어쩌다 찾아오는 일시적이고 개별적인 것이 아니다. 어떤 일을 마무리할 때 찾아오는 순간의 감동도 아니다. 감사하는 순간, 마음이 열리고 삶 자체를 귀하고 아름다운 선물로 바라보게 된다. 그래서 감사는 어떤 결과라기보다는 새로운 시작을 의미하는 행복이 된다.
　영국의 격언 중에 이러한 말이 있다.
　"감사는 과거에 주어지는 덕행이 아니라 미래를 살찌게 하는 덕행이다."
　송미옥 시인도 사랑의 안경을 쓰고 내일을 바라보는 듯하다. 사랑의 마음이 없으면 미래는 물론 그 대상은 결코 보이지 않는다. 감사하는 순간, 감사가 가득한 새로운 내일이 열리기 때문이다.

땡볕 개의치 않고
피땀 흘리며
담을 타는 일편단심

오로지 임 향한 그리움으로
누가 알아주거나 말거나

임의 숨소리 들으려고
뛰는 가슴 부여잡고
두 귀만 쫑긋쫑긋

누군가를 그리워한다는 것은
행복한 일일 거야
아파도 모질게 아파도

누가 말했던가요
지상에서 못 이루면
천상에서 꼭 이루어진다고
— 시 「능소화」 전문

시 「능소화」에서 나타난 것처럼 그의 사랑은 일편단심이다. 어려움을 이겨내면서 그리움으로 기다리는 것이다. 세상의 삶은 언제나 불안과 어려움은 파도처럼 끊임없이 밀려온다. 그때마다 포기하고 싶을 때도 있다. 이겨내야 한다. 행복은 외부가 아니라 자신의 마음 안에서 솟아나는 것이며 마음에 하나의 샘을 갖는 것과 같다. 그 샘에서 사랑과 기쁨의 샘물이 끊임없이 솟아나기 때문이다. 그런 의미에서 송 시인은 시 쓰기를 통해서 그 내면을 가꾼다.

내 삶을 허락하심이
얼마나 놀라운 축복인가

빈손으로 왔다가
빈손으로 돌아가는 삶

어떤 영웅호걸의 권세나
물질일지라도
떠날 때는 아무것도 없다

이 세상의 모든 것은
한순간에 사라지는 것
그러나 사랑만은 남으리

두 손을 모아
날마다 기도합니다

언제나 감사와 행복으로
살아가게 하소서
– 시 「두 손을 모으는 행복」 전문

 행복은 사람과 사람 사이의 관계에서 만들어진다. 우리는 홀로 있을 때보다 다른 사람과 함께 하고 있을 때 기쁨과 행복을 경험한다. 스위스의 철학자인 카를 힐티(Carl Hilty)의 말을 빌리면, "행복은 사람과 사람 사이에는 서로를 그리워하는 행복이 있고, 함께 살아가는 행복이 있으며, 그리고 끊임없이 자신의 것을 나눔으로 얻는 행복이 있다."고 한다.

정해진 그 자리에
고스란히 앉아
그리움에 헤맨 밤은 얼마였던가

벌레는 숲속을 향하고
새는 수림을 바라보는데

하다못해
굴러서라도
꽃밭에 갈 수도 있으련만

지켜내리 나의 자리
뜨겁게 비추는 햇살에
한 줌의 수증기로 사라질 때까지
– 시 「물방울」 전문

물방울은 수증기로 사라질 때까지 자신의 자리를 지킨다. 아울러 꽃밭에 갈 수 있기를 소망한다. 물방울처럼 그리움으로 사는 삶은 시인이 추구하는 행복이다. 시를 쓴다는 것은 내가 그 사물이 되어 그의 입으로 노래를 부르는 것과 같다. 그러면 그 안의 참 기쁨, 참 고통, 참 희망, 참 행복을 경험할 수 있기 때문이다. 송미옥 시인은 꽃이 되고 강이 되고, 별이 되어서 혹은 파도가 되어서 자신을 노래하는 것이다.

송미옥 시인은 매일 한 편 이상의 시를 쓰고 있다. 내면 가꾸기에 열정을 불태우고 있는 것이다. 진정한 행복은 바로 내 마음 가꾸기에 있다는 사실을 깨달았기 때문이리라.

 내면의 아름다움은 가장 선하고, 가장 가치가 있다. 세상에서 가장 즐거운 감정이다. 그 아름다움은 나에게 직접 찾아온다. 내가 직접 보고 느낀 것이 아니라면 아름다움을 느낄 수가 없다. 더할 것도 없고 뺄 것도 없는 진실하고 순수함을 지닌 최선의 상태다.

> 내 삶은
> 말로 지어가는 집이다
>
> 말은
> 우리 삶의 순간순간을 창조하듯이
> 우리 마음과 몸을 지배한다
>
> 지금 내 앞에 펼쳐진
> 모든 상황을 보라
> 말이 만들어낸 결과물이다
>
> 나의 말 한마디가
> 은은한 로즈마리 향기가 되어
> 그대에게 날아간다
>
> 예쁜 꽃으로 피어나기를
> – 시 「말의 힘」 전문

 시인이 말한 것처럼 말은 힘이 있다. 그 말은 창조의 힘이 되어서 향기가 되고 예쁜 꽃으로 피어난다. 그 아름다움은 우리에게 즐거움과 기쁨과 행복을 가져다준다. 아름다움을 떠올려 보라. 바로 마음이 밝아지고 생각이 맑아지는 것을 경험할 수 있다. 가슴에 찾아온 평화와 기쁨, 그리고 행복은 사라지지 않는다.

지금껏 송미옥 시인의 100편의 시작품을 감상했다. 제주도 자연의 아름다움을 마음과 글로 담은 시였다. 우리는 삶이 힘들 때마다 이를 이겨내는 힘이 필요하다. 그의 시는 분명 우리에게 삶의 힘이 되고 있다. 자연의 아름다움을 마음으로 그린 그림이 아름다움이 되어 내 삶 전체에 여운으로 나타나고 있다.

요약하면, 송미옥 시인의 두 번째 시집 『돌담』에서 '사랑과 감사로 찾은 행복한 울림'을 만날 수 있었다. 송 시인은 가슴에 아름다움을 많이 쌓아둔 사람이다. 그래서 가장 행복한 사람이기도 하다. 날마다 가슴의 곳간에 좋은 이야기, 아름다운 이야기를 많이 채우기 때문이다.

누구나 자신의 경험은 자기만의 소중한 이야기다. 행복한 경험일수록 그 마음은 더욱 강해진다. 참된 행복은 자신뿐만 아니라 다른 사람까지 행복하게 해주기 때문이다. 그의 시적 표현은 쉽지만 평안하다. 가슴에 남는 여운도 가볍지 않다. 시 한 편, 한 구절이 독자의 마음에 행복으로 다가오기 때문이다. 그의 감사한 인생을 행복으로 쓴 시다.

다시금 두 번째 시집 출간을 축하한다. 2024년 청룡의 해를 문을 열면서 건승과 건필을 기원한다.

■ 글벗시선 208 송미옥 두 번째 시집

돌담

인 쇄 일 2024년 1월 15일
발 행 일 2024년 1월 15일
지 은 이 송 미 옥
펴 낸 이 한 주 희
펴 낸 곳 도서출판 글벗
출판등록 2007. 10. 29(제406-2007-100호)
주   소 경기도 파주시 와석순환로 16,(야당동)
　　　　　 롯데캐슬파크타운 905동 1104호
홈페이지 http://guelbut.co.kr
E-mail juhee6305@hanmail.net
전화번호 031-957-1461
팩   스 031-957-7319
가   격 12,000원
I S B N 978-89-6533-274-9 04810